Luna Winkler

FASTCHEFSESSEL

story.one – Life is a story

1st edition 2023
© Luna Winkler

Production, design and conception:
story.one publishing - www.story.one
A brand of Storylution GmbH

All rights reserved, in particular that of public performance, transmission by radio and television and translation, including individual parts. No part of this work may be reproduced in any form (by photography, microfilm or other processes) or processed, duplicated or distributed using electronic systems without the written permission of the copyright holder. Despite careful editing, all information in this work is provided without guarantee. Any liability on the part of the authors or editors and the publisher is excluded.

Font set from Minion Pro, Lato and Merriweather.

© Cover photo: privat

© Photos: private Illustrationen

Zitate aus eigenen Geschichten/Gedichten, online erschienen auf story.one

ISBN: 978-3-7108-6381-3

ALLEGORIE

= bildhafte Darstellung eines abstrakten Begriffs, um diesen besser zu verstehen

---

"FASTCHEFSESSEL ist der Versuch, einem jedem Menschen klarzumachen, dass, selbst wenn das Leben mit schlechten Karten spielt, es trotzdem möglich ist, ein Ass im Ärmel zu haben.

Und es ist ebenso der Versuch, meine Long-Covid-Erkrankung vollends zu verarbeiten und ins Positive zu lenken."

(Luna Winkler)

CONTENT

Kommentar des Kommissars	9
Prolog	13
I	17
II	21
III	25
IV	29
V	33
VI	37
VII	41
VIII	45
VIIII	49
X	53
XI	57
Epilog	61
Nachwort oder so	65
Leben heißt, nicht zu sterben	69
Vom Glück zu rennen	73

Kommentar des Kommissars

Hallo.

Bevor Sie dieses Buch lesen, möchte ich Sie warnen: Es könnte Ihr Selbstbild ändern, ebenso wie Ihr Verhalten oder Ihre Einstellung. Sie könnten zudem den Eindruck bekommen, na ja ... wie nennt man das, wenn sich so ein ganz langes „Häääääää?" im Hirn einstellt?
Ach ja: Unverständnis. Missverständnis (oder dergleichen).

Bevor Sie dieses Buch lesen, vergewissern Sie sich: wollen Sie ihr Selbstbild ändern? Sind Sie sich der Gefahr bewusst, dass eine Verhaltensänderung schwerwiegende Konsequenzen für Sie und ihre Mitmenschen bringen kann, wie beispielsweise ... ein ... Lächeln?
Oder ... huch ... ähm ... räusper ... ein höfliches, und, und ... verständnisvolles ... Augenzwinkern?
Oder gar eine ... Ko ... Konversation?
Und Sie wollen wirklich das Risiko wagen, ihre Einstellung zu verändern? Diese zumindest zu

überdenken?

DANN ANTWORTEN SIE JETZT MIT "JA".

Gut. Lassen Sie sich sagen: sollten Sie sich während des Leseprozesses verwirrt, irritiert, eventuell auch aus der Bahn geworfen oder für dumm verkauft vorkommen – dann machen Sie alles richtig.
Ausrufe und Fragen wie "Hä?", "Was?" und die Steigerung "Bitte WAS?" sind Anzeichen dafür, dass es wirkt und sind angesichts der Hä-hervorrufenden Schreibweise absolut berechtigt. Nur damit Sie sich nicht wundern.
Und da das schon recht viel Anforderung ist: Überraschung! Es gibt noch mehr!

Denn dieses Buch lässt sich auf mehrere Weisen lesen (nicht rückwärts oder diagonal, leider). Aber auf mehreren Ebenen, die da wären:

1. *Die offensichtliche Geschichte*
2. *Die Geschichte im metaphorischen Sinne*
3. *Die Geschichte hinter der Geschichte*
4. *Jede beliebige, die Sie selbst darin erkennen zu glauben*

ACHTUNG: *Ebene 2 ist an und für sich schon recht fordernd. Ein um-die-Ecke-denken ist nicht nur gewünscht, sondern teilweise auch erforderlich.*
Ebene 1 ist für reines Entertainment, allerdings wird hier auch für den ein oder anderen Hä-Moment keine Haftung übernommen.
Ebene 3 lässt sich erst am Ende von 2 erkennen – und Ebene 4 sich nur mit Verständnis für 3 anwenden.
Aber egal wofür Sie sich entscheiden: ich wünsche Ihnen viel Spaß, ein angenehmes Leseerlebnis und den ein oder anderen innerlichen Schreikrampf. Denn ich sage Ihnen – ich hatte mehrfach einen.

Gezeichnet,
Ihr Kommissar K.

PS: sollten Sie während des Lesens ein unwohles Gefühl von Unruhe, Genervt-sein, Aggression oder Verwirrung empfinden, so können Sie jederzeit an diese Stelle zurückkommen. Immerhin befassen wir uns hier mit ... na ja ...lesen Sie einfach selbst.

SOLD OUT

Prolog

Er rennt.

Staub wirbelt unter den Sohlen der abgetragenen Sandalen empor, hinterlässt auf seinen knielangen Hosen Flecken und in seiner Nase ein leichtes Kribbeln, wie eine Stinkwanze, die sich in seinem Nasengang verloren hat. Sein Atem geht schwer – da vorne, da vorne verlaufen Bruchstücke des dünnen Bands, dessen Anblick er so sehnlichst erwartet hat.
Mit einem breiten Grinsen auf den Lippen lässt er sich hinfallen, schlittert die Böschung hinunter, gibt auf den letzten Metern der Schwerkraft nach und purzelt schließlich unter lauten Lachern den Abhang hinab, landet auf den Knien und im Wasser, das so herrlich glitzert und sich um seine Kniescheiben windet, wie als wollte es die Stofffetzen seiner Hose loswerden, nicht aufgehalten werden auf seinem Weg gen - ja wohin denn?

Er versenkt seine Handflächen in dem bräunlichen Wasser, spreizt seine Finger und

greift in den Schlamm neben seinen Oberschenkeln, hebt mit beiden Händen ein Loch aus und sieht der Strömung dabei zu, wie sie in seine Falle tappt, sich kräuselt und kringelt, die unhohen Kanten der Grube überwindet und den morastigen Untergrund hinter sich lässt, wie als wäre es eine alte Erinnerung, mit der es sich nicht länger aufzuhalten gilt.
Wind kommt auf und streicht mit sanften Brisen sein mit Sommersprossen übersätes Gesicht, wirbelt durch seine Haare, kitzelt ihn hinter den Ohren und schlägt Purzelbäume in die Richtung, in die auch der Fluss seinen wässrigen Körper wendet - ja wohin nur?

Er kam jeden Tag hierher, immer an dieselbe Stelle, die Stelle, an der der Fluss, der eigentlich nicht mehr als ein Rinnsal war, eine Biegung vollführte, rollte jeden Tag denselben Abhang hinunter, obwohl die kleine Bucht auch ohne diesen Umweg zu erreichen wäre, tat es jeden Tag, jeden Tag aufs Neue, um sich jeden Tag in dem vom Wasser aufgeweichten Sandboden fallen lassen zu können und sich genau diese Frage zu stellen: wohin gehen sie, Fluss und Wind? Wohin laufen sie, wohin richten sie diesen Wettlauf aus, den sie tagtäglich bestreiten, wohin laufen sie, wo liegt ihr Ziel?

Stimmen gellen durch die Luft, rufen seinen Namen.
Und ehe er sich versieht, ist er auf den Beinen und läuft und läuft, läuft auf nassen Sohlen gen Dorf. Als er ankommt, merkt er sofort, dass etwas nicht stimmt. Ihr Haus ist das erste, was man sieht, passiert man auf der trockenen Sandstraße das Ortsschild der kleinen Siedlung. Und das Erste, was man sieht, sieht man als Erstes ihr Haus, ist Mutter, die im Garten schuftet. Heute ist das karge Stück Land vor dem Haus leer - die Werkzeuge, mit denen sie sonst immer ihre schwere Arbeit verrichtet, sie liegen achtlos im Staub des Feldes.
Schreie ertönen aus dem Haus. Und als er gerade dabei ist, über die Latten des Gattertores zu klettern, kommt Vater ihm entgegen. Er ist leichenblass.

Seit diesem Tag fragt er nicht länger, wohin Fluss und Wind laufen.
Denn er hat keinen weiteren Tag am Ufer des ziellosen Flusses verbracht.

UND WÄHREND ALL DIES SICH EREIGNET,
DIE WELT VERSINKT *IM CHAOS PUR*,

LUNGERN WIR ALLE IN DER ECKE,
SEHEN ZU UND *SCHWEIGEN NUR*.

ENTROPIE

I

Genüsslich schlürfte der Kommissar seinen Kaffee und zurück zu seinem Tisch. Schwerfällig ließ er sich in seinen Fastchefsessel fallen - und vergaß dabei den noch heißen Becher Kaffee in seiner Hand, an dem er sich eben noch die Zunge schmerzhaft verbrannt hatte, und dessen Inhalt, der sich bei seiner doch recht ausfälligen Geste seinen Weg auf die Tischplatte vor ihm bahnte.
Und das war der Moment, der alles veränderte.

So ruckartig wie er gefallen, so schnell sprang er wieder auf, fluchte und schimpfte, versuchte, die Tintenflecke aus seinem cremeweißen Schritt zu tupfen und die Akten zu retten, über die sich die tiefschwarze Automatenplörre ergossen hatte.
Eine ganze Weile war er damit beschäftigt, sich selbst und seinen Arbeitsplatz zu säubern, herumzuwischen, ab und an einen anstößigen Begriff durch die Zähne zu zischen und schließlich des Übels größtes Opfer zu bergen - eine schmale Akte, getränkt in dem Schwarz des

Kaffeebohnenwassers und völlig durchnässt. Herr Kommissar war schon beinahe gewillt, das triefende Etwas in den Untiefen seines überrandvollen Mülleimers verschwinden zu lassen - wäre da nicht der Titel des Falls, der sein Augenmerk forderte.

Fallakte Ben. Des Kommissars Hirnkastl ratterte. Er konnte sich an keinen kürzlich zugetragenen Fall erinnern, geschweige denn an einen mit solch verwunderlichen Titel. Die Akte selbst hatte er noch nie zuvor gesehen - vielleicht war sie die des Kollegen und unter die seinen gerutscht.
Und da das Grund genug war, dem ganzen eigenständig nachzugehen, ließ sich der Kommissar in seinen Fastchefsessel sinken, wesentlich langsamer als zuvor, gespannt und unfassbar neugierig über den Inhalt des schwimmenden Papierstoßes. Er lehnte sich zurück, den nassen Kaffeefleck zwischen seinen Beinen vergessend und schlug sie übereinander, andächtig die erste Seite auf, dürstend nach den Machenschaften und vermeintlichen Fehlern des werten Herrn Kollegen.

Doch so entspannt er sich in die Rückenlehne gepresst hatte, so schnell fuhr er wieder nach

vorne, verwundert, irritiert, ja, wenn nicht geschockt, denn die erste Seite – sie beinhaltete nichts
Rein gar nichts war zu lesen, zu sehen, lediglich weiß-bräunlich geflecktes Papier. Nada niente. Das gibt es nicht. Das durfte es nicht geben. Immer hektischer durchblätterte er die Seiten, übersprang die ein oder anderen, die vom Kaffee zusammengehalten wurden, doch die Erkenntnis, sie traf ihn. Da war nichts. Da stand nichts. Eine leere Akte. Das –
Er hätte es melden sollen. Er hätte es wirklich melden sollen. Doch gerade als er dabei war, diesen Übeltäter ausfindig zu machen, der ihm eine leere Akte auf den Tisch klatschte, bemerkte er sie. Die letzte Seite. Ihn. Den kleinen Menschen auf der allerletzten Seite der durchtränkten Akte.
Lass es sein.

Der kleine Mensch weinte. Und seine Tränen vermischten sich mit den Kaffeeflecken auf dem Papier – perplex starrte der Kommissar auf seinen kleinen Kopf, gesenkt und tief betrübt. Er schlug die Akte zu und las: **FALLAKTE LEBEN.**

"BOMBENSCHAREN"

Wie Zugvögel überziehen sie den Himmel,
verdunkeln die Sonne, die Sinne,
lassen die Welt erbeben,
und die Erde klagen,

die Vernunft zu ängstlich, um es zu wagen,
zu schreien, zu strafen, zu verfolgen derer,
die selbst verfolgen mit ihren Gewehren,
die Angst verbreiten und Schrecken pur,
für die es gilt zu siegen nur,
und wenn dies geschehn, so sehen sie ein,
der nächste Landstrich soll gehör'n ihrereins,
obwohl doch dereneins und im Grunde unsereins,
und doch fliegen Bomben nachts um halb eins.

II

Er sah sich um.

Die meisten seiner lieben Kollegen hatten das Office schon verlassen, diese faulen Hunde, und nun saß er alleine in seinem ganz ansehnlichen Fastchefsessel, mit dieser Ansammlung an feuchtem Papier in den Händen, die in den ihren einen kleinen Menschen mit plierigem Gesicht beherbergten - schon schlug er die Akte auf, blätterte zu letzten Seite und fand den Kleinen, der wie ein Häufchen Elend dahockte und bei den riesigen, ihn direkt anblickenden Augen in einem johlenden Heulkrampf aufschrie.

»**Pssssscht!**«, zischte der Kommissar und legte den langen Zeigefinger an den Mund, innerlich hoffend, dass die fette Gerda, seine recht behäbige Sekretärin, die den Gang entlang saß und nur darauf wartete, dass er mit seinem Gehen ihren Feierabend einläutete, auch wirklich nichts mitbekam. Ihr so durchtrieben-phlegmatisch-fiese Art machte ihm seit Tag 1 Angst und ihre Augenbraue, wenn sie so grässlich hochzog, strotze nur so an Kritik und das war etwas, was dem Kommissar gar nicht behagte.

Doch der Versuch den Kleinen zu beruhigen, scheiterte, denn der heulte jetzt noch viel lauter als zuvor auf und jede weitere Bemühung, ihn ruhig zu stellen, erwies sich als vergebens.
Und während der Kommissar immer weiter mit seinen »**Psssscht**«'s **und** »**Nanaaa**«'s um sich warf, schloss Gerda bei dem wenig Licht im Büro ihres Fastchefs auf dessen Absenz und kurzerhand die Tür hinter sich ab. Erst, als der Bewegungsmelder am Gang erlosch, bemerkte der Kommissar sein Übel versprechendes Schicksal und hielt mit den »**Psssscht**«'s **und** »**Nanaaa**«'s inne, sprang auf, rannte hinüber zu seiner Bürotür und stellte mit hochrotem Kopf fest, dass er die heutige Nacht auf der Pritsche hinter seinem Schreibtisch verbringen würde.
Jetzt war es geschehen.

Bei seinem lautstarken Anfall an Schimpfwörtern beruhigte sich der kleine Mensch und wischte sich, sich immer noch schüttelnd vor Erregung, die von Rotz triefende Nase am Ärmel ab und sah dem Kommissar neugierig dabei zu, wie er an seinen Verbalinjurien beinahe erstickte.

»**Nanaaa**«, ertönte es ganz, ganz leise und obwohl der Kommissar nun wirklich nicht die besten Ohren hatte und es schier an ein Wunder grenzte, dass er bei dieser Schreiorgie überhaupt etwas anderes hörte als das rauschende Blut in seinen Ohren, klappte er augenblicklich den Mund zu und stierte auf die kleine, schmale Witzfigur hinunter, die jetzt verlegen ein breites Grinsen aufsetzte.

Dem Kommissar fuhr die Blässe ins Antlitz und er begann kurzerhand Wortfetzen zu speien.

»Du – du – wie?« Der kleine Mensch hörte auf sich zu kringeln und blickte den Herrn über ihm mit großen, unschuldigen Augen an. Dann zuckte er mit den Schultern, setzte sich hin, die Ellbogen auf die Knie und versuchte sich offensichtlich der Müdigkeit hinzugeben.

"FREUNDSCHAFT 2.0"

Freundschaftsanfrage auf Facebook verschickt,
angenommen, abgelehnt, **swipe nach links**
auf WhatsApp **blockiert**, Nummer gelöscht,
damit man **rein visuell**
nicht mehr Teil des Lebens des anderen ist.

auf **stumm** geschaltet und **archiviert**,
damit man den anderen in Unkenntnis zeigt:
"ich brauch dich nicht hier!"

damit man sich selbst
betrügt,

ebenso wie sein Herz,
denn **rein emotional**
braucht es dich nicht mehr.

daher **Handy gezogen** und aus
Kontakten entfernt,
ein Akt der fristlosen Kündigung,
jeden einzelnen Tag,
sodass man am **Ende** von diesem
nicht mehr zwischen **Freund** und
Freundschaft
unterscheiden zu vermag.

III

»Hehe, nicht einschlafen, du, Sie, du –«
Grob rüttelte er an der winzigen Schulter und schnalzte so leicht wie möglich gegen den Oberkörper des Menschleins.
Man merkt, unser Herr Kommissar war außerordentlich barsch. Aber mit dem Hintergedanken im Kopf, auf dieser grässlich harten Bank, ohne jegliche Aussicht auf eine Unterlage oder auch nur den Ansatz eines Kissens schlafen zu müssen, war ihm das herzlich egal. Denn wenn seine fastcheferne Wenigkeit keinen Schlaf fand, dann sollte das der kleine Kobold auch nicht.
»Pssssch«, ertönte es da nur und ehe sich der kleine Mensch versah, wurde er am Kragen emporgehoben, baumelnd vor ein Paar zornig funkelnder Augen, die ihn von unten her angafften wie eine hässliche, dicke Fliege.
»Du bist ganz schön frech, kleiner Wicht.«
Der Angesprochene schob die Unterlippe vor, wimmerte und ehe der Kommissar »Halt,

stopp!« rufen konnte, heulte der Kleine auf und schluchzte und jammerte und plärrte, dass dem Kommissar die Ohren schellern.

»**Nun hab dich doch nicht so. Na komm. Nanaaa.**« Ein Déjà-vu ereilte den Kommissar wie ein Gedankenblitz und wenn er eins kann, dann Probleme erkennen, analysieren und beheben.

»**Ich hab noch einen halben Müsliriegel.**« Da hielt der Kleine augenblicklich inne, schon kramte der Kommissar aus seiner untersten Schreibtischschublade, in der er eigentlich nur Papiermüll, höchstinteressante Akten und vermeintliche Zigarettenstummel archivierte, den halb angefressenen Riegel mit Schokoüberzug hervor.

»**Da. Schenk ich dir.**«

Fütter es nicht!

Einem Heiligtum gleich griff der Kleine nach der verpackten Schönheit, seine Augen weiteten sich und ohne auch nur ansatzweise mit der Wimper zu zucken, verschlang er den ganzen halben Müsliriegel in einer Geschwindigkeit, sodass sich seine Nasenflügel nur so blähten.

Sich über die Lippen schleckend, faltete er die Hände und sah den Kommissar erwartungsvoll und nach mehr bittend an, der allmählich begriff, dass dieser kleine Übernachtungskumpane ein Vielfraß und dieser Riegel das einzige essbare gewesen war, was sein Büro zu bieten hatte.

»Hunger«
Der Kommissar glaubte sich verhört zu haben, wäre am liebsten ganz dicht an den Kleinen herangegangen, um auch wirklich sicherzugehen, dass diese fünf Buchstaben wirklich seinen schokoladebesuddelten Mund verlassen hatten, aber das traute er sich nicht. Schließlich war bei seinen extremen Stimmungsschwankungen davon auszugehen, dass der Kleine von einer Sekunde auf die nächste wahnsinnig wurde und dem Kommissar sein rechtes Ohr abbiss – und darauf konnte er allemal verzichten.

»Hunger?«
Das Nicken bestätigte die geschickt ausgeklügelte Annahme des Herrn Kommissar – und ließ ihn einen Schauer über den Rücken fahren. Er hatte dem Wicht Essen gegeben, er war nun die Hand, die hin fütterte – wortwörtlich – und damit sein Wirt, der Kleine wie ein lästiger Parasit, den er so schnell nicht mehr vom Hals kriegen würde.

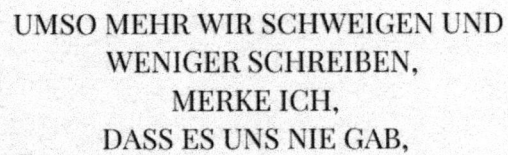

UMSO MEHR WIR SCHWEIGEN UND
WENIGER SCHREIBEN,
MERKE ICH,
DASS ES UNS NIE GAB,

DAS *"WIR"* IN *"WIR BEIDE"*,

DU BIST ES NICHT MEHR

IV

Es gab nun genau drei Möglichkeiten, die dem Kommissar zur Wahl standen und bei jeder war die Gefahr groß, dass einer der beiden den Tod fand, denn entweder er sperrte den Zwerg dorthin zurück, wo er ihn gefunden hatte, mit dem Risiko, dass er sich durch das Holz des Schreibtisches fraß und den Kommissar im Schlaf erdrosselte oder aber dieser selbst schritt zur Tat und versuchte ihn vorsätzlich umzubringen – mit einem schlechten Ausgang für den Wicht und wenn der Kommissar ehrlich war, auch für sein eigenes Gewissen. Drittens blieb die Flucht durch das Fenster, welches er erst einmal einschlagen musste, um anschließend hinausklettern zu können – ein Plan, den der Kommissar sofort verwarf, als ihn die Erinnerung an den Sportunterricht der dritten Klassen einholte. Die nächste, der Sporteignungstest für seine Verbeamtung. Zwei Termine hatte er aufgrund von „unfassbar schwerer Krankheit" verpasst – den dritten hatte er nur mit Mühe und Not und dank des Geldes in Aussicht sehenden Augenzwinkern des Prüfers bestanden. Option Fenster sowie Totschlag fielen also schonmal weg. Blieb also noch das Einsperren.

So viel zum Thema es ihn Ruhe zu lassen.

Der Kommissar wusste, dass er unfassbar schnell sein musste. Einem Schnellzug gleich packte er den kleinen Menschen wie zuvor am Hemdkragen, riss im selben Atemzug die unterste Schublade auf, in der er eigentlich nur besagte Privatgegenstände lagerte und ließ den Kleinen ohne Skrupel hineinplumpsen.

Er kam mit einem dumpfen Geräusch auf den Akten und halb verwesten Glimmstängeln zum Liegen und ehe er sich berappeln und gen Licht schauen konnte, ward es dunkel um ihn und der Kommissar aus seinem Blickfeld verschwunden. Der durchwühlte seine Hosentaschen, fischte ein altes Taschentuch heraus und tupfte sich den Schweiß von der Stirn. Puh. Das war knapp.

Geschafft ließ er sich auf die niedrige Pritsche hinter seinem Schreibtisch sinken, lehnte seinen von der Last dieser Mannestat gebeugten

Rücken gegen die kühle Wand und schloss die Augen. Er war ihn los. Ein für alle Mal. Er würde ihn nicht töten müssen, der Kleine würde ohne Essen sicher ganz von selbst krepieren. Der Kommissar war aus dem Schneider und obwohl es eine sehr barbarische Vorgehensweise war, einem lebenden Geschöpf den Garaus zu machen, war er zufrieden mit sich.
Freu dich nicht zu früh.
Bis ein seltsam lautes Geräusch aus der untersten Schublade, wo er neben höchst privaten Gegenständen nun auch den Wicht aufbewahrte, ertönte, verwunderlich knisternd und fast schon durchdringend knarzend. Ein kleiner Flammenkopf lugte aus der obersten Ritze hervor – verschwand aber urplötzlich wieder, als der Kommissar leichenblass vor Schock die Lade aufriss und die kleine Witzfigur mit einem, seinem Feuerzeug hantierend vorfand, von dem er geglaubt hätte, es an einen seiner niederträchtigen Kollegen verloren zu haben.
Schlimmer noch, die Witzfigur grinste höhnisch, fuchtelte mit der Flamme herum und nur mit Müh' und Not gelang es dem Kommissar, dem Brandstifter seine Waffe aus den Händen zu fummeln, ehe der seinen Schreibtisch samt halben Büro und Gardinen abfackelte.

"GRENZGÄNGER"

Es gibt diesen Satz, ja genau,
dass **Grenzen** überwunden werden,
doch wie **überwinden**
wenn noch nicht mal
über-

leben geht
ein Schritt gen Limes und schon ist man **tot**,
erschossen von dem Knall und dem
resultierenden **Rauch**,
rot.

V

»Na also, hör mal ...!«
Fassungslos auf die schmale Silhouette unter ihm starrend, die ihm weder eine Entschuldigung noch Reue, lediglich ein noch breiteres und unverschämtes Grinsen entgegenbrachte, stemmte der Kommissar seine Fäuste in die Seite und begann gedanklich Pläne zu schmieden, den Kleinen entgegen all seiner Prinzipien, Werte und Idealen doch noch zu lynchen.

Schnitt!
Entschuldigen Sie bitte, wenn ich Ihren Lesefluss unterbreche, doch ich fürchte, spätestens hier ist einiges an Erklärung angebracht. Vielleicht haben Sie meine ab und ... Moment!

Sehen Sie mich überhaupt? Hier, hier hinten! Jaaa, genau. Vielleicht haben Sie meine ab und an eingestreuten Kommentare schon bemerkt – und sich gefragt: häää?

Das ist ganz simpel: Die ganze Geschichte mit unserem Kommissar und so, das ist nur eine Metapher. Ein buntes Schaubild, das einen nüchternen Sachverhalt darstellt, verstehen Sie?

Eine Allegorie – eine bildhafte Darstellung von etwas, was sich nicht recht mit echten Worten beschreiben lässt.

Aber ich fange von vorne an.

Ich bin dieser Kommissar.

Zumindest kam ich mir genauso hilflos wie er vor, als er auf dieses ominöse Etwas trifft. Auch ich habe mit diesem kleinen Biest Bekanntschaft gemacht und ich sage euch: Es ist wirklich ein Biest.
Meine Geschichte beginnt dort, wo die Unbeschwertheit meines Alltags aufhört: im Februar 2022.

Da spitze ich nämlich zufällig in diese Akte, eine relativ armlose Corona-Infektion, die schnell auskuriert war und die diesen kleinen, nicht sonderlich großen, jedoch auch nicht übersehbaren Menschen auf ihrer letzten Seite beherbergt.

Ich habe mich anfangs nicht sonderlich viel mit ihm abgegeben – bis die beiden Strichlein auf meinem Test mich dazu zwangen, die Akte nun vollends aufschlagen und – guess what – mich schließlich doch mit ihm abzugeben.

Nicht sonderlich spektakulär? Dachte ich mir auch. Bis er angefangen hat, lauthals zu brüllen. Ja, die Corona-Langzeitfolgen, sie haben aufgeheult, als sie mich sahen und ich kann euch nicht recht sagen, ob sie es taten vor Vorfreude darauf, mein Leben mehr und mehr in Beschlag zu nehmen, oder aus Gram, eben dies in Zukunft tun zu müssen.

Zu anfangs versuchte ich sie noch zu beruhigen – immerhin war die Präsenz des kleinen Menschleins nicht so dramatisch, als dass man gleich in einen derartigen Schreikrampf mit einstimmen müsste – doch auch wie zuvor hatte ich mich gewaltig geirrt.

Denn diese kleine Figur, sie hatte deutlich mehr in sich als ich zuvor geglaubt hatte.

"VERKATERT"

Die Augen **halboffen**, die Nase krustenbehangen, der Mund voller Sand, **staubtrocken**, Würgereiz, der Weg in die Senkrechte, **ein Sisyphusakt**, mit ∧ Schultern **hängenden** **gen Licht** blickend.

Die Welt ward **besoffen** am Abend zuvor, heute sitzt sie hier, und **kontert** mit weiteren **8 cl**, brennende Säure **komahaft**.

Der Tag verrinnt, ohne jede weitere **Tat**, **die Welt** immernoch hüstelnd, die blutbefleckte **Bettdecke** säumend.

Die Augen **halbgeschlossen**, Nase verstopft, der Mund voller Schleim, **grässlich grün** gefleckt, **Weg in die Horizontale**, eine Leidensgeschichte, mit **zerrütteten Knochen** gen Himmel schauend.

VI

Es begann damit, dass ich nicht mehr schwimmen konnte. Klingt jetzt erneut wieder wenig tragisch, immerhin hatte ich eben erst die Akte wieder geschlossen und da kann das schon mal passieren, dass man anstatt der 30 Bahnen nur noch 8 schafft.
Doch als der Kleine immer öfter Gast in der Schwimmhalle wurde, mich schließlich nicht mal mehr ohne ihn schwimmen ließ, wurde mir langsam bewusst, dass ich mir etwas eingefangen hatte, was ich so schnell nicht mehr loswerden würde.

Kurz vor Trainingsbeginn kletterte er immer auf meinen Rücken, legte sich in meinen Nacken, um sich im rechten Moment nach vorne auf meine Brust zu hangeln und mir das Atmen schwer zu machen. Und obgleich er nicht sonderlich groß war zu diesem Zeitpunkt, erschwerte er mir schon einiges.
Dies ging dann schließlich so weit, dass er stets auf meiner Schulter hockte, nicht nur beim Sporteln, sondern dauerhaft.

Irgendwie schien dem Kleinen das immer milder werdende Wetter zu gefallen – und bis ich mich versah, war aus ihm ein stattlicher Riese geworden, der da mit einem riesigen Sombrero auf meiner einen Schulter hockte und mich fortan begleitete, tagein, tagaus.
Irgendwann wurde ihm diese Perspektive auch zu langweilig, sodass er ab Mitte Mai nur noch vorzugsweise auf meinem Kopf Platz nahm, all die unnützen Haare nach unten fegte und sich aus den übrigen ein ansehnliches Nest baute, in dem sich die Welt und mein Leiden bestens überblicken ließen.
Aufgrund seiner nun doch ganz enormen Größe begann ich zu keuchen, zu schnauben, zu röcheln und zu würgen, so sehr hatte er mich übermannt.

Es schien, als hätte er mir Zügel umgebunden und Scheuklappen aufgesetzt, denn von diesem Tag an, als der Kleine-Große mein Haupt erklommen hatte, sah ich nur noch ihn und dachte stetig an dessen Anwesenheit.
Bei jedem Treppensteigen spornte er mich so an, dass ich oben nicht mehr konnte, als nach Luft zu schnappen und mich hinzusetzen und da ihm das alles nicht schnell genug ging, griff er in meinen Kreislauf ein, drehte an ein paar Schrauben in meinem Herz, sodass es ihm wie eine Karus-

sellfahrt vorkam, wenn er mich wieder einmal zu streng die Stufen hinauf gejagt hatte.

Der Kleine, er war ein absoluter Mistkerl.

Doch irgendwann, nach vielen zahllosen Untersuchungen, bei denen er sich immer brav versteckte und nicht die geringste Präsenz zeigte, gab ich es eben wie die Ärzte auf, ihn loszuwerden.
Ich gewöhnte mich an ihn, an den Eistee schlürfenden Hutträger, dessen Eis mir – in Form von Schweiß – ab und an von der Stirn tropfte und mich daran erinnerte, nicht alleine über meinen Körper zu bestimmen.

Er war immer da.

Und irgendwann gewöhnte ich mich an ihn. Gewöhnte mich daran, stets seinem Willen zu gehorchen, daran, nicht mehr ohne ihn aus dem Haus zugehen und ebenso wenig ohne die Angst, er könnte vollends wahnsinnig werden und mich schnurstracks gen Boden lenken.

WAS IST SCHON DER STOLZ, WENN ER NICHTS HAT,
AUF WAS ER SEINEN NAMEN SCHREIBEN KANN?

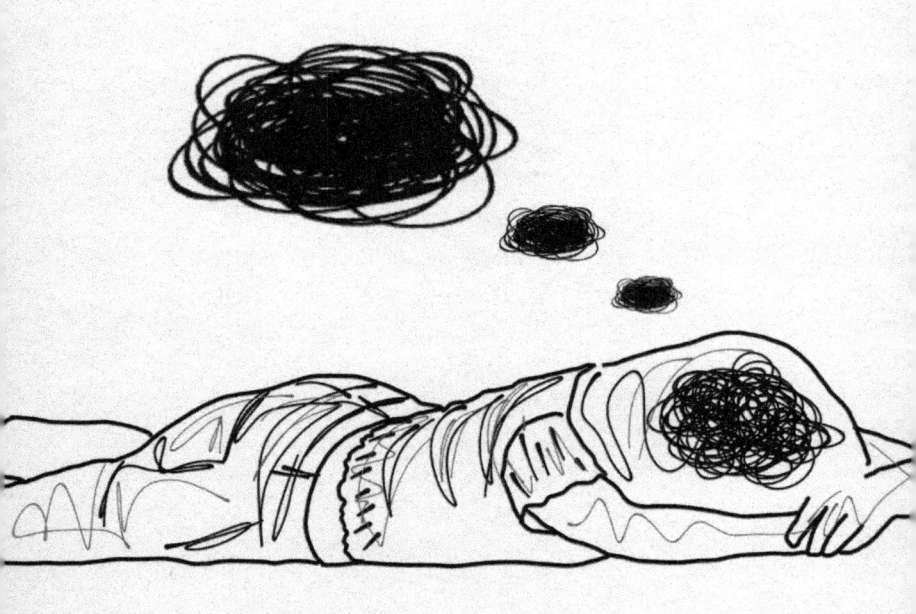

EXISTENZTRÄNEN

VII

Er begann, meine Persönlichkeit zu ändern. Ich wurde ängstlich, panisch, verletzlich. Und er immer stärker, mutiger und abenteuerlustiger, je höher die tropischen Temperaturen kletterten.
Er schien wie festgeklebt, da oben auf meinem Kopf und begann auch schon damit, seine Sitzgelegenheit von einem Klappstuhl zu einem Sessel in meinem Hirn auszubauen. Einem wahrlichen Chefsessel. Aber nur fast.
Denn so wie ich mich an ihn gewöhnte, so gewöhnte ich mich auch an den Gedanken, mich mit ihm zu arrangieren.

»Bist du denn von allen guten Geistern verlassen!« Voller Rage packte der Kommissar den Kleinen, zog ihm aus der Schublade hervor, sodass die anderen Archivgegenstände nur so wackelten und hockte ihn ruckartig auf die Schreibtischoberfläche.

»Was willst du denn eigentlich hier, ha? Bist du nur da, um mich zu ärgern?« Der Kommissar schüttelte verständnislos den Kopf. »Wer oder was bist du überhaupt? Und wie in Gottesnamen kommst du in diese beschissene Akte auf meinen Schreibtisch?« Der kleine Mensch schürzte vorwurfsvoll die Lippen, um dann demonstrativ die Arme zu verschränken und beschloss, solch eine anstandslose Fragerei nicht mal ansatzweise mit der Wahrheit zu würdigen.

»Soll mir recht sein«, murrte da der Kommissar, wie als hätte er seine Gedanken gelesen, stampfte hinüber zu seinem hölzernen Nachtlager und legte sich auf die Seite, den Ellbogen jähzornig unter seinem Kopf vergrabend und starrte die Wand an, an der sich Schimmelschlieren entlang fraßen.
Er kniff die Augen zusammen, seufzte und hörte, wie der Wicht sein stilles Schweigen fortsetzte, sich erhob, um irgendwann in des Kommissars Stiftehalter herumzuwühlen.
»Nicht aufregen. Nicht bewegen. Nicht rühren.«, predigte sich der Kommissar leise zu, doch als die Dose mitsamt seiner wertvollen Kugelschreiber-Sammlung auf dem Boden krachte, riss ihn der Geduldsfaden. Einem Eber gleich grunzend fuhr er herum, fiel dabei fast von der Pritsche, kam doch noch irgendwie zum Stehen und stob in Richtung Schreibtisch, wo der Kleine ganz geschäftig dabei war, etwas auf einen Zettel zu kritzeln, den er ihm kurzer-

hand unter den kleinen Fingern wegriss.
»Was zum –« Der Kommissar ließ seine Schultern sinken und sah zu dem Wicht hinunter, der unbeholfen mit den Schultern zuckte und den Zettel zurückverlangte. Ohne zu zögern, gab der Kommissar ihm diesen zurück und ließ ihn fertig schreiben – bis schließlich in wackeliger Schrift zu lesen war:

Leben.

Wortlos ließ sich der Kommissar auf seinen viel zu niedrigen und immer noch feuchten Fastchefsessel sinken. »Was soll das heißen?« Der Kleine deutete auf den Zettel, machte mit dem Arm eine 180°-Drehung, bis sein Finger seine winzige Nasenspitze berührte.
»Leben. Ich – ahh.« Dem Kommissar ging ein Licht auf, und das, obwohl es mittlerweile immer dunkler im Raum wurde. »Du bist … das Leben?« Der kleine Wicht nickte freudig.
»Häääää?«
Ein weiteres gestenreiches Bejahen, wild und ungestüm. Der kleine Wicht … das Leben?
Oder genau das Gegenteil?

"HASSLIEBE"

als er sie **schlägt**,
   mit verbalen **fäusten** der wut,
                          wird ihr gesicht zur fassade
 ihr atem zu **glut**, und sie beginnt

                       zu schreien, recht laut
                       dass er es wäre,
                              der sie **krank**
                                       und
                              verrückt
                                    werden ließe

                     er der **grund**,
                         warum sie ihn zu gern verließe,
er anlass für sie, innerlich zu sterben. was sie tut, liegt sie
                             nachts unter tränen,
 im bett, schweigend
              und in sich weinend,
                         während er neben ihr liegt und
                         genauso leidet,
unter ihren **blicken,** voller abschaum und hass.
ihre **mimik** ist das, was er so an ihr hasst.

  das einst schöne gesicht, **so verbittert** und ernst,
     während ihre lippen säuseln, sie liebte ihn so sehr,
        sie ist es, die ihn **anschreit,** sie hätte ihn
                          so nie gewollt,
 doch wie sonst (!) und während sie so nebeneinander schweigen,
 erkennen sie, was es heißt, an **hassliebe** zu leiden.

VIII

»**Du bist also das Leben**«, wiederholte der Kommissar und wusste noch als er dies sagte, dass er nun völlig verrückt geworden war. Er sprach seit wer weiß wie lange mit einem höchstwahrscheinlich nicht existenten Was-auch-immer, das sein Büro abfackeln und ihn umbringen hätte können, und jetzt auch noch behauptete, das Leben in Person zu sein. Es stand fest.

Herr Kommissar hatte soeben seinen Verstand verloren.

Aber den gegebenen Umständen, seinem verkorksten Hirn oder dessen Hang zur Selbstironie geschuldet, war ihm das zur Gänze egal. Es war ihm einfach egal.
Und der Kommissar begann zu lachen, als ihm das klar wurde, lachte lauthals über diesen eigens kreierten schlechten Witz seiner selbst und er lachte so viel, dass er ganz rot wurde und kaum mehr Luft bekam, so ereilte ihn dieser Lachkrampf. Das Was-auch-immer war un-

sterblich. Daher – warum dagegen ankämpfen?
»Also, du bist also das Leben – und was bin dann ich?«Der Kleine, von der guten Laune, die ihm zuteilwurde, geschmeichelt, begann zu kritzeln.
»Ein Strichmännchen? Ein Mensch? Hahahaaa!« Der Kommissar kriegte sich nun gar nicht mehr ein.
»Das find' ich toll, Kleiner, echt. Und was weißt du noch so?«

Und was nun folgte, war eine Kritzelei, die die Menschheit in all ihrer bisherigen Existenz nicht erlebt hatte.

Der Kommissar kam gar nicht mehr hinterher mit dem Schauen, so rasant pinselte der kleine Mensch das Blatt Papier vor ihm zu, zog Linien und Kreise, malte, kritzelte, schraffierte, wie es der Kommissar seinen Lebtag bei noch keinem lebenden Wesen beobachtet hatte.
Irgendwann hielt der Kleine inne, fuhr sich durch die wenigen krausen Haare, die sein Köpflein zu bieten hatte und stützte sich auf den Stift, blickte auf sein vollbrachtes Werk hinab und gähnte.
»Und …was hat das da, also, das …was hat …« Der Kommissar legte den Nacken in alle er-

denklichen Posen und Stellungen, aber so recht schlau wurde er aus dem gezeichneten Chaos unter ihm auch nicht, egal, aus welchen Blickwinkel er es auch zu betrachten gedachte.
»Ich« Der Wicht zeigte wieder auf sich selbst, dann auf den mit Tinte geschundenen Fetzen Papier unter seinen mickrigen Füßlein. »Das sollst du sein?«
Ungläubig nahm der Kommissar das Blatt, hielt es nach oben und runzelte die Stirn. All dieses Gekrakel, es kam ihm vor wie abstrakte Kunst, deren Sinn er noch nie ganz durchblickt hatte.

Er drehte und wendete es, stellte es auf den Kopf, betrachtete es von der Seite, von oben und schielte es von unten her an – bei dem lautstarken Seufzen des Kleinen hielt er inne, sah das mittlerweile leicht zerknitterte Papierabsurdium an, wie es eben gerade vor seine bebrillte Nase kam.
Und plötzlich ergab sich aus den wirren Strichen ein Bild. Die Erkenntnis, sie traf den Kommissar so heftig, dass er seine Krawatte lockern musste, so atemberaubend war sie.

"GEBLENDET"

ipad-kinder werden großgezogen, auf youtube das am wenigsten unpädagogische video erwogen, kind davor gesetzt, nun gibt es ruh'

denn 2 stunden fernseh'n is' nicht genug genug, man selbst hängt vor seinem bildschirm, fixiert nur das, was uns insta verklickert, auf den neusten stand gebracht. likes hier, hass da, ein ewiger kreis, bis das kind nicht mehr zwischen real oder unterscheiden zu weiß, zwischen spiel und fake und fiktion, zwischen shooten und sterben,

"das blut im videogame kann't' aber nicht die straße rot färben!", das echte tut's, ganze schulhöfe und flure, während das geschrei verstummt,

mitsamt des gewehres gesurre.

VIIII

Völlig benommen sank er nieder, mit dem Zettel in der Hand, zitternd und das, obwohl er zuvor noch einem Schweißausbruch millimeternah gewesen war. Seine Finger verkrampften sich, ihm stockte der Atem, als er aufschluchzte und all seine idealisierte Männlichkeit von den Tränen davon gespült wurden, die seine Augenkanten übermannten und seine Lider zum Intervallblinzeln brachte.
Der kleine Kobold, er war ein Genie, ein so schlaues, unfassbar intelligentes Wesen, zu clever für ihn, den Kommissar, der doch immer geglaubt hatte, sein Hirn wäre größer als das der anderen und dadurch automatisch klüger.

Doch dass sein Herz so, so klein war, das hatte er nicht gewusst, noch nicht einmal im Traum hatte er daran gedacht, dass es so verkümmert und mickrig war, schockgefroren und starr von all den Paragrafen, Prinzipien und vorgegaukelten Vorstellungen seines bescheuerten Zerebrums.

Der Kommissar, er hockte da, auf der aller vordersten Kante seines Fastchefsessels und heulte wie ein Schlosshund, dessen eiserne Kette, die ihn jahrelang in diesem finsteren, eiskalten Schloss festgehalten hatte, durchtrennte.
Er war frei. Er war sich selbst überlassen, willig zu denken, bereit zu handeln. Er erblickte die Sonne, von der er glaubte, sie sei nur ein Mythos in dem semi-depressiven Dasein, das er seit Anbeginn der Zeit führte. Und sie kitzelte ihn auf der Haut, der Kommissar lächelte und hob den gedankenzerborstenen Kopf gen Himmel und direkt in ihr strahlendes Gesicht. Er wurde warm. Sie wärmte ihn, seinen frostüberzogenen Körper, seine erkaltete Schädelmasse wurde endlich wieder homogen, in der Lage, sich zu bewegen, zu denken.

Manchmal genügt dann wohl doch nur Akzeptanz, um Veränderung herbeizuführen.

Der Kommissar taute auf.
Und mit ihm all die Gefühle, die Gedanken, die ihn einmal beschäftigt hatten, als er jung gewesen war, seine Träume, seine Wünsche, all das

kam in dem Moment hoch, als er auf das Blatt hinunterstierte, es schon Falten warf von all den Sturzbächen, die aus seinen Augen quollen und es schließlich zerriss, seine Überbleibsel nach oben schmiss und sich von den Papierschnipseln berieseln ließ.

Es war ersichtlich: Sie lag in ihm.
Nicht in diesem Papierfetzen.
Eine Weile lang beäugte der Kleine das Schauspiel, dass sich vor ihm abspielte, höchst zufrieden, erfüllt und geradezu verliebt in das Aufjauchzen des tränenüberströmten Kommissars, der seine Krawatte nun endgültig löste und sie auf dem feuchtkalten Boden zum Liegen kam.

»Nanaaa, hab dich nicht so, Herr Kommissar!«

Dieser verharrte in der eben noch wild ausgeführten Bewegung, musterte den Kleinen, ehe er ihn hochhob und herumwirbelte, berauscht und mit einem Gefühl in den Adern, das er lange nicht mehr verspürt hatte: Frohsinn.

UND IN DER LUFT HÄNGT DER WUNSCH NACH
GLÜCK.

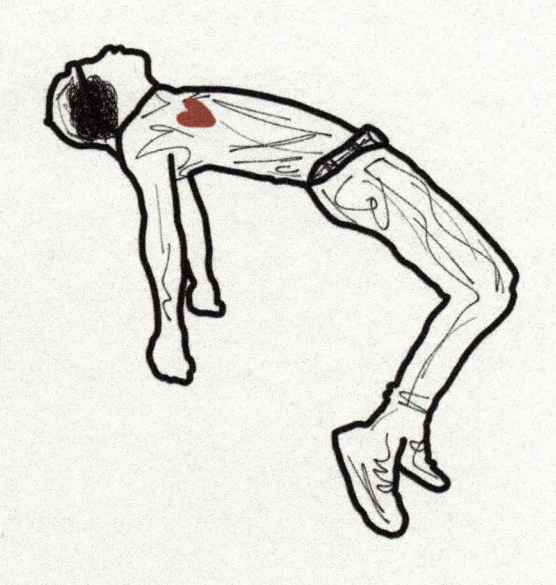

MÜHEDIGKEIT

X

Und es sprach und sprach und sie redeten die ganze Nacht hindurch, alberten und scherzten, lachten und weinten und der Kommissar hatte sich noch nie so lebendig gefühlt in der Anwesenheit dieses kleinen Was-auch-immer, das ihm, einmal darauf eingelassen, immer mehr Überraschungen und Geheimnisse offenbarte, ihn teil haben ließ, an dem, was er sich erträumt hatte, seit er jung und dumm und eigentlich doch so schlau gewesen war, denn die Freiheit des Geistes war eng verwoben mit der Freiheit der Seele.

Glück ist nur die Annahme, sich glücklich zu fühlen, obwohl das eine mit dem anderen nichts zu tun hat. Glück ist kein emotionaler Automatismus. Es ist eine Entscheidung.

Als er aufwachte, stand sein Kollege Ernst mit einem dümmlich Lächeln vor ihm und grinste ein falsches Lächeln mit seinem nagelneu geschliffenen Einbaugebiss.

»Naaa, wie war die Nacht auf der arschkalten Liege, Herr Kommissar? Haben Sie gut genächtigt?«

»Und wie, werter Kollege, danke sehr der Nachfrage!« Der Kommissar streckte sich, gähnte ausgiebig und sah sich in seinem Büro um, erinnerte sich an letzte Nacht, als er die noch immer offen stehende Schublade mit einem liebäugelnden Zwinkern betrachtete und tief seufzte, erst dann wieder Ernst gewahr wurde, der immer noch mit dem Zweitschlüssel in den Pranken vor ihm stand und ihn noch dümmer als zuvor angaffte.

»Haben Sie schon gefrühstückt, Ernst? Wollen Sie uns nicht einen Kaffee holen, wären's so freundlich?« Ernst, von der guten Laune seines Fastabteilungschefs verwundert, nickte, machte kehrt und verschwand aus dem Büro und noch vor der Tür hörte man ihn murmeln, »was der wohl eingeworfen hat letzte Nacht«.

Dem Kommissar war tatsächlich so, als hätte er etwas eingeworfen, als er taumelnd aufstand und leise pfeifend sein Büro verließ, den Kopf in das angrenzende Zimmer steckte und der fetten Gerda ein herzliches »Guten Morgen, liebe Empfangsdame meines Vertrauens« zu zwitscherte, prompt ein kritisches Augenbrauenhochziehen erntete und beschwingt zurück zu seinem Fastchefsessel schlenderte.

»Kleiner, naa, hast du auch gut geschlafen?«

Fröhlich durchsuchte er alles, die Schublade, den frisch sortierten Aktenhaufen, jede noch so schmale Ritze seines Schreibtisches durchstöberte er nach dem kleinen Wicht – doch das Leben, es war nirgends zu finden.
Der Kommissar schluckte. Das durfte nicht sein. Das durfte nun wirklich nicht sein.

Immer hektischer begann er zu kramen, zu wühlen, zu durchforsten, hier war es nicht, da auch nicht, da auch nicht, und da erst recht nicht.
Er suchte und suchte und suchte, doch wurde nicht fündig. Die ausgemusterten Aktenberge landeten am Boden, ebenso wie all seine anderen Unterlagen, die Schreibutensilien, seine Kugelschreiber-Sammlung und all der andere unnötige Kram, der seinen Schreibtisch sonst noch belagerte.

"PLAKATIV"

Müll im All, Plastik im Fisch, die Haut einkokoniert mit Tusche, **Silikon** im Gesicht. Plakate schreien uns an, wir sollen **jenes** tun, und tun wir es, gibt es **ein nächstes,** das ruft:

"KAUF MICH, NIMM MICH, ICH BIN DAS, WAS DU BRAUCHST!",

und so findest **du** dich hechtend im Lauf,

daraufhin erpicht, dem nächsten **Trend** hinterherzujagen,

und hast du ihn, raten sie dir, **WENIGER BRONZER** zu tragen, nur Silber und Gold, derweil willst du kein Metall, weil die Verkäuferin sagte, **ES STEHE DIR SO TOLL.**

Und so fährst du heim, ganz ohne Benzin, dafür mit einer Tüte von McDonalds, denn **"MAN GÖNNT SICH'S JA NIE"**, und als du ankommst, merkst du, **du hast was vergessen,** nämlich dein Hirn im Bio-Laden um's Eck' zu vermessen.

XI

Mit zwei dampfenden Bechern Kaffee bewaffnet, kam Ernst herein, gerade eben, als der Kommissar dabei war, den Inhalt seiner höchst privaten Schublade zu entleeren.
Das danach folgende glich einem modern interpretierten Schwarz-Weiß-Western.

In den Akten tags drauf war Folgendes zu lesen:

*Nach Angaben des Kollegen E. Hinterhofer versuchte Herr Kommissar K. mit einer eigenhändig entfernten Schublade ersterem eine Platzwunde mit den Worten „Du alter, schiefzahnende Möchtegern*****" zu schlagen.*
Dies führte wiederum dazu, dass der frisch gebrühte Kaffee, den Kollege Hinterhofer sich selbst und seinem Fastabteilungschef zubereitet hatte, auf dessen cremeweißen Hose landete und die am Boden verstreuten Aktenmaterialien in Mitleidenschaft zog.

Nach einer weiteren verbalen Auseinandersetzung griff schließlich ein weiterer Kollege der Nachbarabteilung ein, nach dessen Aussage Herr Kommissar K. „verrückt geworden" sei und immerzu nach „Leben" forderte.
Dadurch ist davon auszugehen, dass Kommissar K. sich in einem emotionalen Ausnahmezustand mit suizidal-depressiven Zügen befindet, dem nachgegangen werden sollte.
Laut Empfangsdame G. Lachnicht war dieser „schon immer ein mit Vorsicht zu genießenender Mitmensch" war, den man stets „mit Vorsicht begegnen" sollte.
Kommissar K. ist nun in Zwangsurlaub geschickt worden, wo es ihm hoffentlich, auch im Namen aller Kollegen, „bald besser ergehen sollte".

Neben den chaotischen Zuständen, die man in dem Büro des Kommissars gewahr wurde, nachdem er dort allein die ganze Nacht verbracht hatte aus bisher ungeklärten Gründen, wurde eine leere Akte gefunden, auf deren letzten Seite eine schlafende Figur abgebildet ist.
Dadurch, dass der Kommissar diese Akte als Schlafunterlage verwendet hatte, geht man von einem direkten Zusammenhang zwischen der Zeichnung und seinen aktiv-aggressiven Verhalten aus.

Um Näheres wird sich jedoch die Spurensicherung sowie die Staatsanwaltschaft kümmern, die in gemeinsamen Beschluss feststellen müssen, ob Kommissar K. als Fastchef noch tragbar ist, da zudem auch Beweise vorliegen, dass er in seinem Büro heimlich drogenähnliche Substanzen konsumiert hatte, was unzählige Zigarrettenüberreste bestätigen.

-

Das Leben ist wie der Tod ein allgegenwärtig mieser Zeitgenosse und kaum glaubt man, es bezwungen zu haben, führt es schon den nächsten Streich gegen einen aus. Für unseren Herr Kommissar war diese ja doch recht schicksalhafte Begegnung ein Segen – denn nun musste er den wohlverdienten und vollständig bezahlten Urlaub antreten.
Und auch, wenn er all die hoch idealisierte Werte wie seinen Job, sein soziales Umfeld sowie seinen Stolz samt Fastchefsessel verloren, so hatte er doch zumindest den Frieden mit sich selbst gefunden.
Und die Liebe zum Stabhochsprung auf der schönen Insel Kuba.

Epilog

Er rennt.

Hechtet auf die Latte zu, die Stange fest in der Hand, rammt er sie in den Boden, sich selbst in ihre unliebsamen Hände, hebelt sich nach oben, sich selbst, bis er fliegt.
Schwer atmend kommt er auf der harten Matte zum Liegen, sein Brustkorb hebt und senkt sich unaufhörlich, während seine Augen gen Himmel starren, gegen das grelle Sonnenlicht blinzeln, das hinter den Wolken hervorbricht.
Und als er da so liegt und sieht und atmet, fragt er sich, wohin sie wohl ziehen, die Wolken, die weißen Wattefetzen, die der Wind vor sich hertreibt, ähnlich wie die Wellen des Meeres, deren Zerschellen am gebeugten Rücken der sandigen Küste er deutlich hören kann.

Er tritt aus der Dusche, rubbelt sich die Haare und unterlässt nasse Fußspuren, die zum Fenster führen, wo er steht und durch das Glas auf

das Meer blickt, den stetigen Wellengang beobachtet und sich fragt, wohin die Möwen fliegen, wenn sie nicht gerade mit ihren langen Schnäbeln den Schlamm neben ihren Füßen aufwühlen.
Er erinnert sich an den kleinen Jungen, der er war, als er selbiges mit verdreckten Kinderhänden tat. Er erinnert sich daran, wie es war, als er es zum letzten Mal tat, an den Tag, an dem es keinen Sinn mehr machte, zum Fluss zu laufen.
Er hatte nie etwas Besonderes gefunden. Nichts, was er Mutter schenken hätte können. Außer die Muschel. Die kleine, zerbrochene, geborstene Muschel, die er eines Tages aus dem Dreck neben seinen Schenkeln gezogen hatte, einer Perle gleich, so glänzte ihre äußerste Schicht.
Die Kette, an der diese Muschel hing, hatte er Mutter geschenkt. Und als sie ging, war sie das einzige, was sie bei sich trug, was sie mit nahm, wo auch immer sie hinging, ja, wohin ging sie wohl?

Seine Augen fokussieren die Palmen, die sich sanft in den Wogen der aufkommenden Brise aneinanderschmiegen, ein leises Rauschen ist zu vernehmen. Hier am Strand gibt es haufenweise Muscheln. Doch keine ist so schön wie die, die er als Kind an diesem fernen Tag an

diesem fernen Ort in der fernen Heimat gefunden hatte.
Er hat sich nie erklären können, woher sie gekommen war. Bei ihnen gab es keine Muscheln. Bei ihnen gab es Staub und Dreck und Arbeit und Sonne. Doch keine Muscheln. Ihre reine Existenz, sie war ihm ein Rätsel. Ebenso wie es ein Rätsel, wohin der Fluss verlief und wohin der Wind seine Stimme trug, wenn er schrie und wohin er Mutter getragen hatte, als sie ging.

Doch vielleicht, vielleicht muss er das auch gar nicht wissen, denkt er leise bei sich, als eine Möwe mit weit aufgespannten Flügeln in seine Richtung gleitet, sich vom Wind behutsam auf dem Geländer seines Balkons absetzen lässt und beginnt, ihn zu beobachten. In ihrem Schnabel glänzt es, ehe sie sich wieder in die Lüfte erhebt und mit lauten, gellenden Schreien davonfliegt.

Eine Muschel.

Vielleicht muss er einfach akzeptieren, es nie zu erfahren.

GLÜCK IST NUR DIE ANNAHME, SICH GLÜCKLICH ZU FÜHLEN, OBWOHL DAS EINE MIT DEM ANDEREN NICHTS ZU TUN HAT.

GLÜCK IST KEIN EMOTIONALER AUTOMATISMUS.
ES IST EINE ENTSCHEIDUNG.

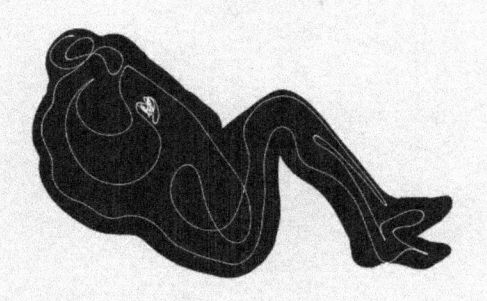

AUSZUG FASTCHEFSESSEL

Nachwort oder so

Als ich Ende Februar eine ganze Woche zu 85 % schlafend verbrachte, hätte ich nie geglaubt, dass mein Leben danach nicht mehr dasselbe sein würde.
Als ich nach einer Woche Matratzengruft und ohne ein klares Ergebnis dann doch endlich die Gewissheit hatte, als die zwei Streifen nach völliger Genesung meinen Test säumten, hätte ich nicht gedacht, dass sie der Grund dafür sein würden, meinen Sport und letztendlich auch den Alltag aufgeben zu müssen, den ich, so wie er davor war, bis heute nicht wieder erlebt habe.

Als diese schon lange erwartete, letztendlich aber doch nicht erstrebenswerte Corona-Infektion meinen Körper überrollte, wusste ich nicht, wie mir geschah.
Ich hatte mit ihr dank vorhergegangenen Fällen im Bekanntenkreis gerechnet und da sie recht schnell ausgestanden war, hatte ich mir nicht viel dabei gedacht. Von sogenannten Corona-Langzeitfolgen hatte ich vage gehört, doch ich konnte mir beim besten Willen nicht allzu viel

darunter vorstellen.
Bis ich mir ein Leben ohne nicht mehr vorstellen konnte.

Ich bin zerbrochen.
Mein Körper hat in den Monaten danach die Reißleine gezogen – und mich auf das Mindestmaß an körperlicher Leistung herab gebremst. Gehen war mir vergönnt, aber nur langsam und relativ kurz. Mehr war nicht drin.
Was anfangs nur als weniger Leistung beim Sport interpretiert wurde, transformierte sich in ein, zwei, drei Arztbesuche, Herzultraschall und Langzeit-EKG.
Ich hatte den Mut verloren, bedingt durch die fehlende Selbstverständlichkeit aus dem Haus zu gehen, ohne Angst davor haben zu müssen, es nicht die Straße runter zur Bushaltestelle schaffen zu können.
Umso wärmer es wurde, umso heftiger wurden die Ausmaße meines Körpers, den ich, umso mehr Zeit verging, immer mehr zu hassen begann. Er ließ mich beim Treppensteigen nach Luft schnappen, mein Herz doppelt so schnell schlagen, meine Beine weich werden und mein Gesicht leichenblass.
Schwindel und Übelkeit wurden nun als ganz normal empfunden und zu den ständigen nass-

kalten Schweißausbrüchen gesellte sich schnell das Gefühl von Hilflosigkeit und Panik.

Und umso heißer es wurde, umso größer wurde meine Angst, mich überhaupt noch zu bewegen, was dahin führte, dass ich eines Nachmittags, nach einem weiteren missglückten Versuch, mich länger als eine Stunde konstant auf den Beinen zu halten, im Bett lag und mich fragte, wie mein Leben weitergehen sollte. Die Treppenaufstiege im Schulhaus, der Weg zum Bus, zum Einkaufen, zu Freunden, plötzlich wurde all das nach meinem Körper ausgerichtet, der keine Kraft hatte, mich dorthin zu bringen, wo mein Kopf es wollte – meine Identität auf „die eine mit" herab reduziert.

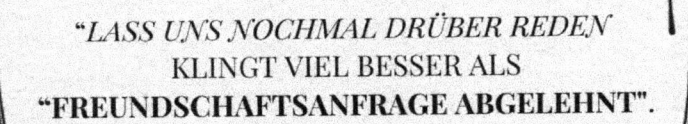

"LASS UNS NOCHMAL DRÜBER REDEN
KLINGT VIEL BESSER ALS
"FREUNDSCHAFTSANFRAGE ABGELEHNT".

Leben heißt, nicht zu sterben

Ich kam mir vor wie halbtot.
Man könnte jetzt sagen, dass sich auf Schwimmen, Radfahren oder sonstige sportliche Aktivität verzichten ließe – doch für mich, als sportaffiner junger, an sich gesunder Mensch glich es einem Gefängnisaufenthalt im eigenen Körper. Mein Selbstvertrauen sank von Tag zu Tag, an dem ich einsehen musste, dass es nichts gab, was mir helfen könnte – zumal eine genaue Diagnose von Long Covid relativ schwer war zu diesem Zeitpunkt war und von den Ärzten durch Ausschlussverfahren als einzige sinnige Lösung herangezogen wurde.
Lange hatte ich mir gewünscht, es wäre „nur" eine Schilddrüsenunterfunktion. Doch als sich auch dieser Denkansatz nicht bewahrheitete, was ich insgeheim gehofft hatte, denn das wäre medikamentös behandelbar, gab ich auf und verfluchte meinen Körper.

Was will ich damit aussagen?
Das Leben, es ist eine Aneinanderreihung an Momenten, Ereignissen und Begebenheiten,

die meist eins, egal ob in guter oder schlechter Weise, gemeinsam haben: sie passieren unerwartet.

Das ist das, worin es in „FASTCHEFSESSEL" gehen soll. Diesen Sachverhalt bildhaft in Szene zu setzen.
Das Leben als Darstellung eines Menschen, bei dem man nicht weiß, wann man ihm begegnet, ebenso wie dessen Unverfrorenheit, uns selten, manchmal, oft, mal weniger, mal komplett aus der Bahn zu werfen, ohne dass man danach gefragt hat.

Ich spreche hier von Krankheit, doch es ist nur ein Fragment in dem Puzzle, das sich Leben nennt – und ebenso wie Liebe, Freude und Glück gehören dazu auch Trauer, Schmerz und Konflikt.
Wir können nicht entscheiden, ob und vor allem wann uns solche Schicksalsschläge treffen oder nicht. Was wir können und sogar müssen, ist, mit diesen umzugehen.
Ich habe mich entschieden, es zu akzeptieren. Daraus zu lernen, das Beste aus meinem Krankheitsbild herauszuholen. Ich habe darüber geschrieben – und Menschen gefunden, die ähnliches erlebt haben. Und plötzlich, als ich die

Entscheidung gefasst hatte, den kleinen Wicht zu akzeptieren – da verschwand er. Nicht vollends, denn Long Covid beschäftigt mich bis heute.

Doch anstatt mich gegen das Unumgängliche, das Unveränderbare, den Ist-Zustand zu wehren, habe ich mich darauf eingelassen – und es dadurch verändert.
Ich möchte nicht den Moralapostel spielen. Es gibt Dinge, die lassen sich selbst durch Akzeptanz nicht ändern. Die Akzeptanz, einen geliebten Menschen verloren zu haben, sie hat so gesehen keinen Wert, denn sie ändert nichts an der Tatsache selbst.

Stellen Sie sich vor, Sie würden mit dem Auto fahren – und damit urplötzlich im Straßengraben liegen.
Das Hindernis, das ihnen plötzlich im Weg stand, kann als den Schicksalsschlag interpretiert werden, der sie so schrecklich schnell ereilt hat und dem sie nicht ausweichen konnten – manchmal ist es nur ein Schlagloch, das sie übersehen haben, wann anders ein Reh, das im falschen Moment meinte, es müsste Ihnen in die Quere kommen.

LEBEN

Vom Glück zu rennen

In jedem Fall werden Sie geschockt sein. Und dann wohl ziemlich verärgert. Vielleicht werden Sie aus Ihrem Auto aussteigen, dagegen treten und laut fluchen, schreien, was auch immer. Oder sie bleiben sitzen und versuchen mit aller Kraft, den Karren aus seiner kläglichen Lage herauszumanövrieren.
Aber ändern werden Sie den Umstand dadurch auch nicht, beim besten Willen nicht. Es ist ein Straßengraben. Ihnen werden die Reifen durchdrehen, egal wie sehr Sie in die Pedale steigen (ja, auch wenn Sie sich fast senkrecht hinein stemmen).
Steigen Sie aus. Klettern Sie hoch zur Straße. Akzeptieren Sie den gegebenen Umstand. Auto liegt im Graben, hm scheiße.
Und dann, wenn Sie eingesehen haben, dass das eine recht ausweglose Situation ist und es nichts bringt, das Geschehene versuchen ungeschehen zu machen oder zu verdrängen, dann, erst dann, werden Sie eine Lösung finden.
In diesem Fall heißt die warten, jemanden verständigen und darauf hoffen, dass ein Traktor

Ihren Wagen aus dem Graben hievt.
In anderen Fällen mit jemanden über die Situation sprechen. Darüber zu schreiben. Sich bei einem lieben Menschen auszuweinen oder, oder, oder. Die Bandbreite an möglichen Lösungen gleicht der Bandbreite an Dingen, die es zu lösen, zu akzeptieren geht.

Aber vielleicht bedeutet glücklich sein, den Kleinen zu akzeptieren. So wie er kommt, egal in welcher Gestalt, ob mit oder ohne Sombrero, mit oder ohne Stift in der Hand. Vielleicht müssen wir jeden Menschen so akzeptieren wie er ist, um das Leben akzeptieren zu können. Und damit auch uns selbst. Alle Emotionen haben ihre Berechtigung. Und auch sie alle zu akzeptieren wie sie sind, was wir fühlen, bedeutet glücklich sein.
Vielleicht liegt darin der Sinn des Daseins und die Essenz des wahren Glücklichseins – des Stabhochsprungs trotz chronischer Tollpatschigkeit.

Die Figur des Kommissars als prinzipientreuen Angsthasen, der sich nicht traut, an Sport auch nur zu denken, weil er sich vor den Folgen seiner Tollpatschigkeit fürchtet, er ist eine Art Sinnbild. Nicht nur für mich im persönlichen bezogen auf Long Covid, sondern für viele Menschen.

Oft ist es nur die Angst, die einen hemmt, und das ist völlig okay. Aber manchmal ist Angst doch nur ein Schutzmechanismus des Herzens, das sich fürchtet, den Kopf zu enttäuschen. Glücklich sein – dafür gibt es nicht die Definition. Genauso wenig wie für das Leben. Es gibt keine Gebrauchsanleitung, keinen Regelkatalog, keine Normen, wie sich, in welchem Fall und unter welchen Umständen mit dieser Figur Leben umgegangen werden soll.

Ich habe mein Krankheitsbild durch das Schreiben in etwas Gutes verwandelt – und FAST-CHEFSESSEL soll zeigen, dass es individuell ist, wie man womit umgeht.

Und vielleicht ist es das, was es letztendlich heißt, glücklich zu sein: **nicht, keine Probleme zu haben, aber stets eine Lösung für sie zu finden.**

Er rennt. Ich renne, wieder. Und du, du kannst das auch.

LUNA WINKLER

…geboren 2005, schreibt Geschichten, seit sie es kann. Angefangen in der zweiten Klasse war das Schreiben ihre erste große Leidenschaft und das gilt neben Musik, Sport und Nutella bis heute.
Im Alter von 13 Jahren begann sie ihr Erstlingswerk, ihr Debütroman „Recruited" erschien im Dezember 2020 im epubli-Verlag. Seit 2021 ist sie auch auf der Online-Plattform story.one anzutreffen, wo sie sich gänzlich mit Worten und Formulierungen austobt.
In ihrer neuesten Veröffentlichung „FASTCHEFSESSEL" setzt sie sich auf humorvoll-satirische Weise mit Themen wie Selbstliebe, Akzeptanz gegebener Umstände und dem Mut zur Veränderung auseinander.
Luna lebt, arbeitet und schreibt im Nordosten Bayerns.

Visit my author page on story.one:
story.one/en/author/luna-winkler-26879

Loved this book?
Why not write your own at story.one?

Let's go!